经典童话大师绘

U0958644

四姐妹的故事

Little Women

【美】路易莎·梅·奥尔科特　著　　【日】平田昭吾　绘
《经典童话大师绘》编写组　改编

新世界出版社
NEW WORLD PRESS
海豚出版社
DOLPHIN BOOKS
CIPG
中国国际出版集团

马奇家有四姐妹——端庄贤淑的长女梅格、独立坚韧的二女儿乔、温柔善良的三妹贝丝，以及活泼可爱的四妹艾米。

还有两天就到圣诞节了，四姐妹围坐在圣诞树旁。树下空空荡荡，没有像往年那样堆起各式各样的礼物。

她们的爸爸作为随军牧师，去战场上照顾伤员了。妈妈认为士兵们正在军营度过难挨的寒冬，她们也不应该花钱寻乐，提议今年圣诞节将原本计划购买礼物的钱省下来。

在马奇家充满爱的屋檐下，尽管生活并不富裕，但每个人都以自己的方式贡献着力量，共同维系着这个家的温馨与希望：

梅格作为大姐，当家庭教师以贴补家用；乔在马奇姑婆家帮忙干活，不仅锻炼了自己，也为家里增加了一份收入；贝丝细心操持家务，让家里总是保持整洁舒适；年纪尚小的艾米虽然还在上学，但也时常利用课余时间分担家务。

“今年圣诞节，咱们各自为妈妈准备一份特别的礼物吧！”四姐妹围坐一圈，兴奋地商量着。

“看妈妈那双旧鞋子，真该换双新的了。”贝丝温柔地提议，“我想用我攒的钱给她买一双舒适的新鞋，让她每一步都走得轻松。”

乔立刻接过话茬，声音里充满了坚定：“鞋子我来买！因为爸爸跟我说过，他不在的时候，我要像个大人一样照顾好妈妈。”

“那我准备一条精美的绣花手帕吧。”贝丝微笑道。

梅格不甘示弱，宣布道：“我要为妈妈选购一副精致的手套，既保暖又好搭配。”

最后，艾美轻声细语地说：“我决定送妈妈一小瓶她最爱的香水。”

四姐妹怀揣着对妈妈的爱，筹备起温馨的圣诞礼物。

她们用好不容易积攒下来的零花钱，各自给妈妈买了礼物。但她们没有提前告诉妈妈，而是先把礼物藏在沙发下面，想着到圣诞节那天再拿出来，给妈妈惊喜。

圣诞节一早，四姐妹醒来后，发现妈妈竟然也给她们准备了礼物——每人一本书，还给每人在便笺纸上写了暖心寄语。

四姐妹开心得合不拢嘴："谢谢妈妈，我们每天都要读一读这些书！"

大家围坐在桌子旁，准备享用早餐。

这时，妈妈对四姐妹讲了一件事：“离咱们家不远的一座房子里，躺着可怜的胡麦尔太太。她生病了，没法照顾她的孩子们，孩子们又冷又饿。姑娘们，你们愿意把我们的早餐作为圣诞礼物送给他们吗？”

四姐妹闻言，心中充满了同情，尽管饿着肚子，还是纷纷点头赞同。

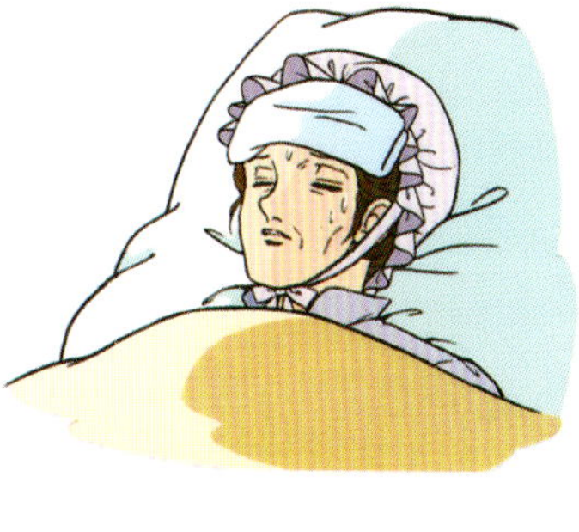

四姐妹一起动手，把热气腾腾的早餐装起来，跟着妈妈一起去往胡麦尔太太家。

那是一个满目凄凉的贫寒之家，面容憔悴的母亲抱着啼哭的婴儿躺在床上，饥肠辘辘的孩子们依偎在一起。

看见马奇太太和四姐妹到来，他们惊喜得瞪大了眼睛，叫道："哎呀，是善良的天使来看我们了！"

四姐妹立刻行动起来，她们生起炉火，给胡麦尔太太端茶递粥，宽慰她，喂小宝宝喝奶，让孩子们吃饭，还不忘跟他们说笑。

"真是世界上最善良的人啊！"孩子们一边吃饭，一边把小手伸到温暖的火炉边烘烤着。

马奇一家在圣诞节早上把美食和温暖送给了别人，自己虽然没有吃上一口早餐，却感到无比满足幸福。

回到家里后，四姐妹把给妈妈准备的圣诞礼物拿出来。这些小礼物并不贵重，但都精心包装在漂亮的盒子里。她们把礼物一一呈现给妈妈，贝丝还弹起欢快的曲子来。

妈妈又惊讶又感动，眼中含泪地笑着说："谢谢！"然后她换上新鞋，喷上香水，把手帕放入衣袋，戴上手套试了试。

接着大家来到餐厅，本想吃点面包充饥，却意外地发现餐桌上竟然摆放着令人垂涎欲滴的美食：香气四溢的烤火鸡、精致诱人的姜饼、甜蜜松软的奶油蛋糕，还有温暖人心的玉米粥……这真是冬日里最温馨的奇迹啊！

原来，女仆汉娜将马奇一家把圣诞早餐送给穷人的事悄悄告诉了邻居罗伦斯先生家的女仆。罗伦斯先生得知此事后，深受感动，立即派人精心准备了这份丰盛的圣诞大餐送来。

四姐妹开心不已。这个圣诞节，因为爱与分享而变得格外美好。

长女梅格和二女儿乔满心欢喜地接受了新年舞会的邀请。

她们只有旧礼服可穿，乔的旧礼服背部还破了个小洞，但这丝毫没有减损她们参加舞会的热情。她们乐观地装扮自己，虽然衣饰简单，却相当好看。

舞会上，因为担心别人看见自己背上的破洞，乔小心翼翼地靠墙站着。看到一个身材挺拔的红头发年轻人走来，乔担心他邀请自己跳舞，连忙躲到了旁边的休息室里。

罗伦斯先生的孙子罗利恰好也在这个房间。

“噢，我不知道这里有人！”乔害羞地准备转身离开。

罗利微笑着，眼神中充满了友善：“你是乔吧？别担心，这里是个不错的避风港。你看起来有点紧张，想要聊聊吗？”

乔轻松下来，诚挚地感谢道：“谢谢你，罗利。你们家送来的圣诞早餐真是太棒了，我们开心极了！”

二人相谈甚欢，气氛逐渐变得轻松而愉快。

最后，在罗利的邀请下，他们在这温馨的房间里翩翩起舞，享受着欢乐时光。

友谊像生机勃勃的春草，在乔和罗利间茁壮成长。乔经常去邻居罗伦斯先生家找罗利玩，罗利也很欣喜有人来和自己作伴。二人兴趣相投，都很喜欢读书。罗利带乔参观自己家的藏书室，乔兴奋得手舞足蹈。

有一天，乔还带着妹妹贝丝一同前往。罗伦斯先生家摆放着一架气派非凡的大钢琴，贝丝很高兴能到那里弹琴。悠扬的旋律从她的指尖流淌而出，她弹得如醉如痴。

为了表达感谢，贝丝亲手做了一双拖鞋，赠给罗伦斯先生。罗伦斯先生的回礼是一台小巧精致的钢琴。当这份意想不到的礼物呈现在贝丝面前，她激动不已，泪光闪烁。

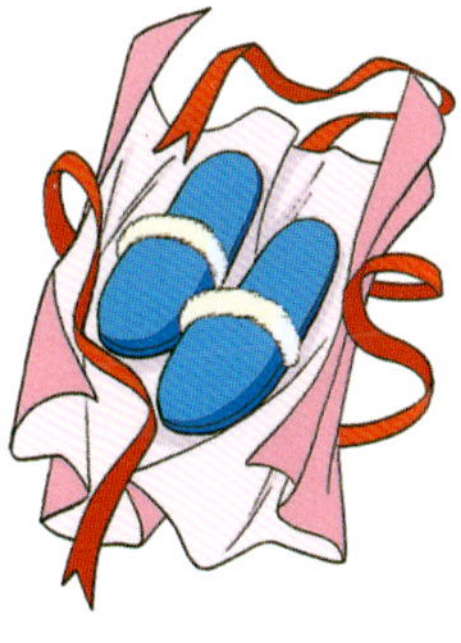

乔十分热爱写作，她常常坐在旧沙发上，把稿纸铺在面前的大箱子上，全神贯注地奋笔疾书。

一天，乔拿回来一份报纸，给大家读起了上面的一则故事。那故事优美浪漫，姐妹们听得津津有味。

故事结束了，大家还久久沉浸其中。贝丝率先打破了沉默，问道:“这是谁写的？真是美极了！”

乔尽力压抑着兴奋的心情，嘴角却不由自主地微微上扬，大声宣布:“是我，亲爱的姐妹们，这是我写的。”

“真是太棒了！”“我就知道你总有一天会大放异彩！”“我为你感到无比骄傲！”姐妹们欢呼雀跃，紧紧拥抱着乔，向她祝贺。

秋天，马奇家收到一封电报。马奇太太看了电报，脸色变得苍白，身体无力地滑落到椅子上，仿佛那薄薄的一页纸刺穿了她的心脏。

梅格连忙与女仆上前，小心翼翼地扶着妈妈。乔拿起那片沉甸甸的纸张，声音颤抖地念了出来。原来是医院传来的急讯，说马奇先生在战场上得了重病，生命垂危！

房间内一片死寂，世界变得昏昏惨惨，大家觉得所有的幸福都要被夺走了。

妈妈迅速调整了自己的情绪，恢复了坚强从容的神采。她对女儿们说：“孩子们，我这就收拾行装，去医院照顾你们的爸爸。家里的一切就暂时交给你们了。”

罗伦斯先生和罗利闻讯赶来，脸上满是关切。他们安慰马奇太太：“夫人，您尽管放心去吧，我们会帮您照顾好家。”

马奇太太眼眶泛红，哽咽着说：“真是太感谢你们了，有你们这样的邻居，是我和孩子们的幸运。”

马奇太太没有足够的旅费，于是向马奇姑婆写了一封信请求帮助。热心的罗利帮忙把信送往马奇姑婆的家。

不苟言笑但好心的马奇姑婆同意借钱，同时附了一张便条，上面写着她以前常常唠叨的话：马奇参军是桩荒唐事，不会有什么好结果，希望他们下次能够听她的劝告。

大家都忙着帮妈妈整理行装，唯独乔不在场。随后，乔带着有些异样的表情走进家门，手里拿着一沓钞票，递给了妈妈，说："这是我给爸爸的礼物，希望他能平安归来。"

"好孩子，这钱是怎么来的呢？你不会是干了什么傻事吧？"妈妈担心地问。

"钱是我自己赚来的，我卖掉了自己的头发。"说着，乔摘下帽子，只见她那头浓密的长发变成了利落的短发。

大家惊呼起来："噢，乔，你怎么能这样？你原来的头发那么秀美！"

乔拨弄了一下自己的棕色短发，满不在乎地说："这样既活泼好看，又容易梳理，多好啊！"

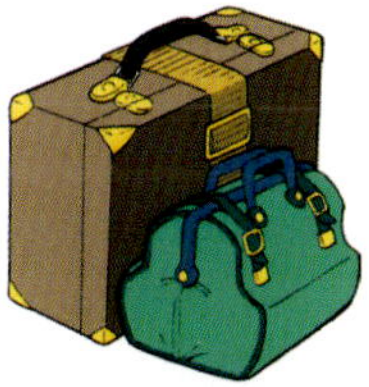

第二天清晨，朝阳温柔地洒满大地，妈妈乘坐着马车启程了。

姐妹们本来约好了要高高兴兴地跟妈妈道别，让她无牵无挂地踏上旅程。然而，在告别的那一刻，最小的艾米还是忍不住泪流满面。

“别难过，艾米，妈妈虽然不在家，还有我们大家在这里陪着你。”姐妹们强忍着心中的不舍，互相鼓励着，挥手送别妈妈。

妈妈走后，大姐梅格担负起照顾家庭的重任，妹妹们也都尽其所能地帮助姐姐打理家务，共同维系着家的温暖。

这段日子里，罗伦斯先生和罗利成了家中的常客，他们每天都前来探望，给予四姐妹关怀与帮助。

四姐妹和妈妈经常通信，每一封信都承载着彼此的思念与牵挂。终于，在一个阳光明媚的日子，妈妈的来信带来了好消息：“亲爱的孩子们，经过医院的精心护理，爸爸的病有了明显的好转。”

大家心中的大石终于落地，脸上洋溢着久违的喜悦。

乐于助人的贝丝每天都前往胡麦尔太太家，帮忙照料她的孩子们。

这天，她感到身体不太舒服，头疼且全身乏力，便问大家：“谁能代替我去胡麦尔太太家照看孩子们呢？”

可是每个人都抽不开身：乔正在全神贯注地写小说；梅格刚做完针线活，疲惫不堪，不愿外出；艾米则趴在地上，沉浸于涂涂画画。

胡麦尔太太家的小宝宝高烧不退，贝丝尽管也不舒服，但出于对孩子的担忧，还是在篮子里装了一些必需品，顶着沉重的脑袋，踏入了冰冷刺骨的寒风之中。

深秋气息已浓，树木枝叶稀疏，一派萧瑟的景象。狂风无情地呼啸着，片片落叶漫天飞舞，在这样的恶劣天气下，贝丝每迈出一步都格外艰难。

傍晚，乔惊讶地发现贝丝倒在了大门旁。

“我的天啊！出了什么事？！”乔惊呼起来，赶紧上前扶起贝丝。

其他姐妹闻声赶来，大家合力把贝丝抬到床上。

贝丝醒来后，哭着说道：“胡麦尔太太家的宝宝在我的怀里去世了。因为她家没有钱，请不起医生给宝宝看病。”

贝丝也发起高烧来，她额头滚烫，陷入了昏沉。

梅格和乔都为自己前一天没有帮助贝丝而深深自责。乔痛悔地说：“可怜的妹妹，昨天要是我替你去胡麦尔太太家就好了。”

姐妹们无微不至地照顾着贝丝，不敢离开她半步。

罗利得知后，请来了医生，还安慰乔不要焦急，贝丝会好起来的。

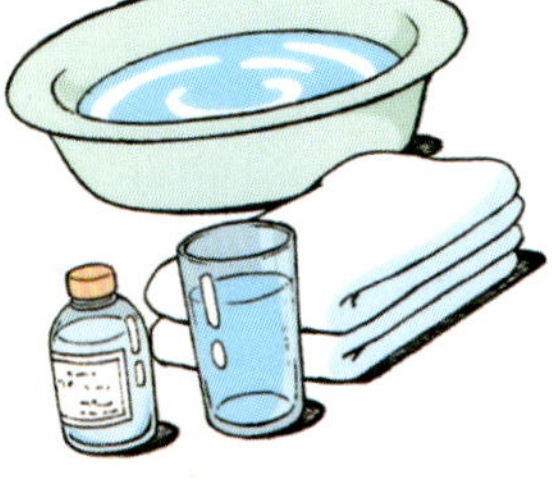

大家日夜不休地守护在贝丝身边。

圣诞节的早上，医生微笑着对大家宣布：“好消息！贝丝的烧已经退了。”

此时，爸爸妈妈也回到了家中。姐妹们兴奋不已，纷纷扑到爸爸妈妈怀里。

一年的时光匆匆流逝，一家人终于迎来了平安团圆。每个人的脸上都绽放着幸福的笑容，如同温暖的阳光，照亮了整个房间。

在逆境中，也要保持乐观、善良、助人的品格，以及追逐梦想的勇气。

图书在版编目（CIP）数据

四姐妹的故事 / (美) 路易莎・梅・奥尔科特著；(日) 平田昭吾绘；《经典童话大师绘》编写组改编. 北京：新世界出版社, 2024. 12. -- (经典童话大师绘). -- ISBN 978-7-5104-7973-1

Ⅰ. I313.85

中国国家版本馆CIP数据核字第2024SV1701号

北京版权保护中心引进书版权合同登记号：图字01-2019-4933号

扫一扫，获赠英文故事音频

敬请关注《大师画给孩子们》（汉英对照版）

四姐妹的故事

作　　者：[美] 路易莎・梅・奥尔科特
绘　　者：[日] 平田昭吾
责任校对：宣　慧　张杰楠
出版发行：新世界出版社　海豚出版社
社　　址：北京西城区百万庄大街24号（100037）
总 编 室：(010)6899 5424（电话）　(010)6832 6679（传真）
印　　刷：北京市房山腾龙印刷厂
开　　本：787mm × 1092mm　1/24　尺寸：188mm × 170mm
版　　次：2024年12月第1版　2024年12月第1次印刷
定　　价：25.00元

改　　编：《经典童话大师绘》编写组
责任编辑：董晶晶
责任印制：王宝根
网　　址：http://www.nwp.com.cn
发 行 部：(010)6899 5968（电话）　(010)6899 0635（电话）
版 权 部：+8610 6899 6306（电话）　nwpcd@sina.com（电邮）
经　　销：新华书店
字　　数：30 千字　　印张：2
书　　号：ISBN 978-7-5104-7973-1